À tous les membres de la famille

L'apprentissage de la lecture est l'une des réalisations les plus importantes de la petite enfance. La collection *Je peux lire!* est conçue pour aider les enfants à devenir des lecteurs experts qui aiment lire. Les jeunes lecteurs apprennent à lire en se souvenant de mots utilisés fréquemment comme « le », « est » et « et », en utilisant les techniques phoniques pour décoder de nouveaux mots et en interprétant les indices des illustrations et du texte. Ces livres offrent des histoires que les enfants aiment et la structure dont ils ont besoin pour lire couramment et sans aide. Voici des suggestions pour aider votre enfant avant, pendant et après la lecture.

Avant

Examinez la couverture et les illustrations, et demandez à votre enfant de prédire de quoi on parle dans le livre.

Lisez l'histoire à votre enfant.

Encouragez votre enfant à dire avec vous les formulations et les mots qui lui sont familiers.

Lisez une ligne et demandez à votre enfant de la relire après vous.

Pendant

Demandez à votre enfant de penser à un mot qu'il ne reconnaît pas tout de suite. Donnez-lui des indices comme : « On va voir si on connaît les sons » et « Est-ce qu'on a déjà lu un mot comme celui-là? ».

Encouragez l'enfant à utiliser ses compétences phoniques pour prononcer d'autres mots.

Lorsque l'enfant a besoin d'aide, lisez-lui le mot qui pose un problème, pour qu'il n'ait pas trop de mal à lire et que l'expérience de la lecture avec les parents soit positive.

Encouragez votre enfant à lire avec expression... comme un comédien!

Après

Proposez à votre enfant de dresser une liste des mots qu'il préfère.

Encouragez votre enfant à relire ses livres. Il peut les lire à ses frères et sœurs, à ses grands-parents et même à ses toutous. Les lectures répétées donnent confiance au jeune lecteur.

Parlez des histoires que vous avez lues. Posez des questions et répondez à celles de votre enfant. Partagez vos idées au sujet des personnages et des événements les plus amusants et les plus intéressants.

J'espère que toi et ton enfant allez aimer ce livre.

D0943360

Francie Alexander,
spécialiste en lecture
Groupe des publications
éducatives de Scholastic

Mme Friselis

Liza

Catalogage avant publication de Bibliothèque et Archives Canada

Capeci, Anne

L'autobus magique au recyclage / Anne Capeci ;
illustrations de Carolyn Bracken ; texte français d'Isabelle Allard.

(Je peux lire! Niveau 2)

Traduction de: The magic school bus gets recycled.

"Inspiré des livres L'autobus magique écrits par Joanna Cole
et illustrés par Bruce Degen."

Pour les 5-7 ans.

ISBN 978-0-545-98298-6

1. Recyclage (Déchets, etc.)--Romans, nouvelles, etc. pour la jeunesse.
I. Bracken, Carolyn II. Allard, Isabelle III. Titre. IV. Collection: Je peux lire! Niveau 2

PZ23.C218Au 2010   j813'.54   C2009-905429-9

L'autobus magique est une marque déposée de Scholastic Inc.

Conception graphique : Rick DeMonico

Copyright © Joanna Cole et Bruce Degen, 2007.
Copyright © Éditions Scholastic, 2010, pour le texte français.
Tous droits réservés.

Il est interdit de reproduire, d'enregistrer ou de diffuser, en tout ou en partie,
le présent ouvrage par quelque procédé que ce soit, électronique, mécanique,
photographique, sonore, magnétique ou autre, sans avoir obtenu au préalable
l'autorisation écrite de l'éditeur. Pour toute information concernant les droits,
s'adresser à Scholastic Inc., 557 Broadway, New York, NY 10012, É.-U.

Édition publiée par les Éditions Scholastic,
604, rue King Ouest, Toronto (Ontario) M5V 1E1.

5 4 3 2 1   Imprimé au Canada   119   10 11 12 13 14

Sources Mixtes
Groupe de produits issu de forêts bien
gérées et d'autres sources contrôlées.
www.fsc.org Cert no. SGS-COC-003098
© 1996 Forest Stewardship Council
FSC

L'autobus magique au recyclage

Jérôme   Raphaël   Kisha   Pascale   Carlos   Thomas   Catherine   Hélène-Marie

Anne Capeci

Illustrations de Carolyn Bracken
Texte français d'Isabelle Allard

**Inspiré des livres *L'autobus magique*
écrits par Joanna Cole et illustrés par Bruce Degen.**

L'auteure souhaite remercier Mary Delahanty,
de l'université Antioch, pour ses précieux conseils
durant la préparation de ce livre.

Éditions
SCHOLASTIC

Nous nous amusons bien avec Mme Friselis. Elle a de drôles de robes et de chaussures. Et elle nous emmène en excursion dans l'autobus magique! Cette semaine, nous avons fait une campagne de recyclage. Aujourd'hui, un camion vient chercher les objets que nous avons recueillis.

CAMPAGNE DE RECYCLAGE AUJOURD'HUI

PAPIER

BOÎTES DE CONSERVE
BOUTEILLES
CARTONS À BOISSONS

PAPIER

Nos déchets sont déversés dans le
camion.
— Ces objets ne seront pas jetés au
rebut, dit Mme Friselis. Ils seront
réutilisés.

— Ne t'en fais pas, Pascale, dit Mme Friselis. Nous allons retrouver ton collier. Montez dans l'autobus, les enfants!

L'autobus magique démarre... puis s'envole!
Il rapetisse.
Une feuille de papier flotte devant nous.
L'autobus se pose dessus.

SUIVONS CE CAMION!

Le camion arrive au centre de recyclage. Nous aussi. Le papier, les bouteilles, les canettes et les cartons sont déversés en tas.

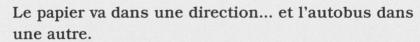

Le papier va dans une direction... et l'autobus dans une autre.

— Mon collier est avec les papiers! s'écrie Pascale.

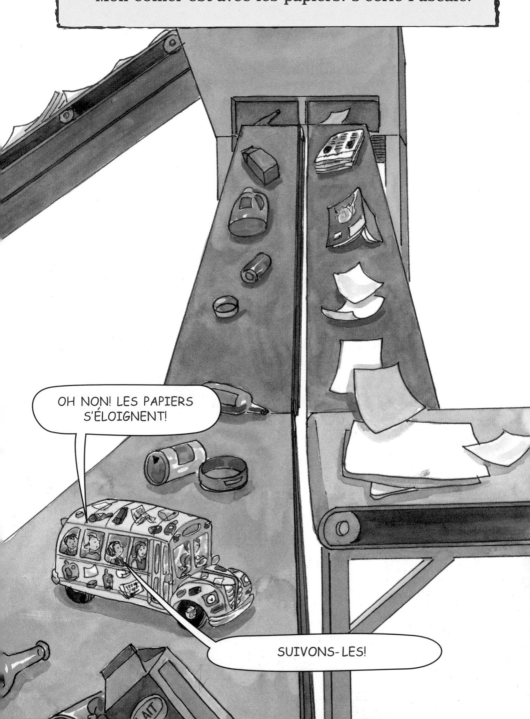

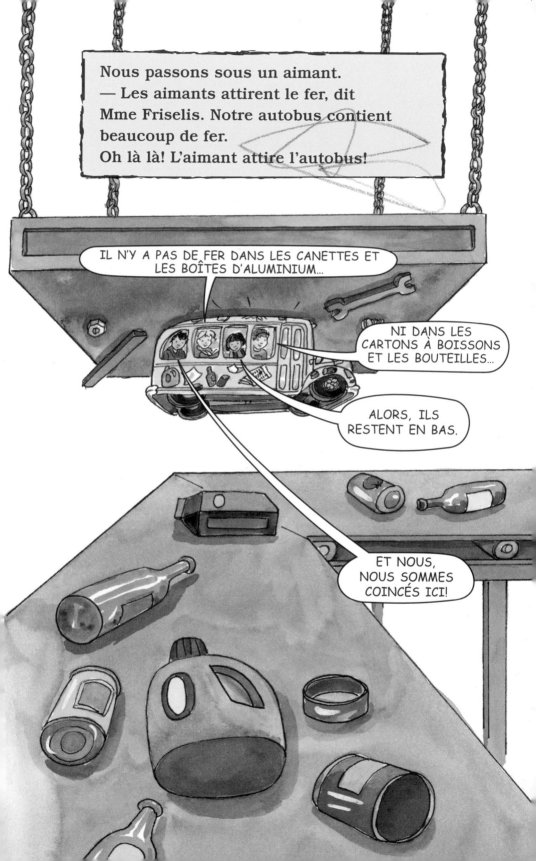

L'aimant nous laisse tomber. Nous observons les papiers. Chaque sorte de papier va à un endroit désigné.

PAPIER JOURNAL, CARTON, PAPIERS DIVERS

PAPIER JOURNAL ET CARTON RESTENT SUR LE CRIBLE.

CRIBLE À DISQUES

LES OUVERTURES DU CRIBLE LAISSENT PASSER LES FEUILLES.

PAPIERS DIVERS

Les ballots de papier journal sont chargés sur un camion. Nous aussi. Au revoir, centre de recyclage!

Plouf! Nous plongeons dans une grande cuve remplie d'eau.
Le papier journal se décompose.
Allons-nous nous décomposer aussi?

— Le vieux papier doit être nettoyé, ajoute Mme Friselis.
Le papier mouillé et pâteux est filtré. Le tamis retient la ficelle, la colle et les trombones qui sont trop gros.

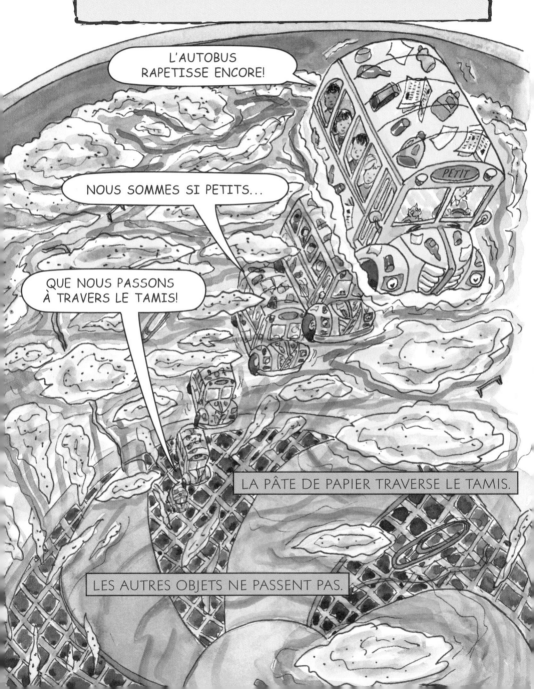

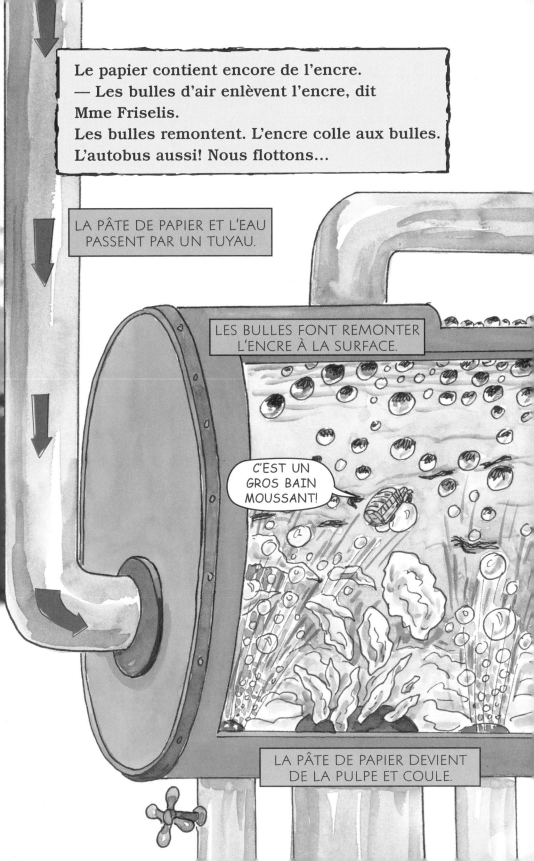

La pulpe de papier est propre.
Elle est moulée en forme de contenants à œufs.
Les contenants passent dans un séchoir. Nous aussi!

SÉCHOIR

L'autobus sort du séchoir.
Il reprend sa taille normale.

COMME UN ŒUF?

LE VIEUX PAPIER EST COMME NEUF!

CONTENANTS À ŒUFS

L'autobus magique quitte l'usine. Le collier n'était pas avec les journaux. Soudain, Pascale baisse les yeux.

En classe, nous fabriquons des affiches sur le recyclage. Que ferons-nous ensuite? C'est une surprise!

RECYCLER

Pour faire des objets qu'on peut réutiliser

journal usagé

ballot

pulpe

nouveau journal

RÉUTILISER

1. Utilise les sacs d'épicerie comme sacs poubelles.
2. Réutilise les sacs en plastique pour aliments.
3. Emballe des cadeaux avec du papier usagé.

Voici des façons amusantes de recycler et de réutiliser des objets.

Utilise des petits pots d'aliments pour bébés comme contenants à peinture.

Convertis des boîtiers de CD en cadres.

1. Colle une photo sur du papier de bricolage.
2. Glisse le papier et la photo dans un boîtier de CD.
3. Colle de la ficelle ou du ruban à l'arrière du boîtier pour le suspendre!

Sers-toi de contenants à œufs comme caissettes de semis.